Babá de Dragão

Copyright do texto © 2012 by Josh Lacey
Copyright das ilustrações © 2012 by Garry Parsons

Publicado originalmente na Grã-Bretanha, em 2012,
por Andersen Press Limited

*Grafia atualizada segundo o Acordo Ortográfico da Língua
Portuguesa de 1990, que entrou em vigor no Brasil em 2009.*

Título original
THE DRAGONSITTER

Revisão
FERNANDA A. UMILE
KARINA DANZA

Composição
MAURICIO NISI GONÇALVES

CIP-Brasil. Catalogação na Fonte
Sindicato Nacional dos Editores de Livros, RJ

L142b
    Lacey, Josh
    Babá de dragão / Josh Lacey; ilustrações de Garry
Parsons; tradução de Claudia Affonso, Alexandre Boide.
— 1ª ed. — São Paulo : Escarlate, 2015.

    Tradução de: The Dragonsitter.
    ISBN 978-85-8382-026-0

    1. Ficção infantojuvenil inglesa. I. Parsons, Garry. II.
Affonso, Claudia. III. Boide, Alexandre. IV. Título.

15-19454	CDD: 028.5
	CDU: 087.5

16ª reimpressão

Todos os direitos desta edição reservados à
SDS EDITORA DE LIVROS LTDA.
Rua Bandeira Paulista, 702, cj. 71D
04532-002 — São Paulo — SP — Brasil
☎ (11) 3707-3500
🔗 www.companhiadasletras.com.br/escarlate
🔗 www.blogdaletrinhas.com.br
f /brinquebook
📷 @brinquebook

Babá de Dragão

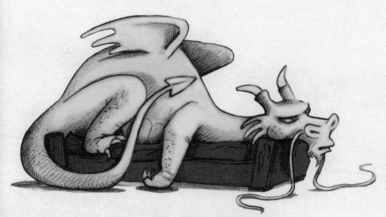

Josh Lacey

Ilustrações de Garry Parsons

Tradução de Claudia Affonso e Alexandre Boide

De: Eduardo Smith-Pickle
Para: Morton Pickle
Data: Domingo, 31 de julho
Assunto: URGENTE!!!!
Anexo: O dragão

Querido tio Morton,

É melhor você pegar um avião agora e voltar para cá. Seu dragão comeu Jemima.

Emily adorava aquele coelho!

Eu sei o que você está pensando, tio Morton. Nós prometemos cuidar do seu dragão por uma semana. Eu sei que prometemos. Mas você não disse que seria assim.

Emily está no quarto dela agora, chorando tão alto que a rua inteira está ouvindo.

Seu dragão está sentado no sofá, lambendo as garras, todo cheio de si.

Se não vier buscá-lo, a mamãe vai ligar

para o zoológico. Ela disse que não sabe mais o que fazer.

Eu não quero que o dragão fique atrás das grades. E aposto que você também não. Mas não tenho como impedir minha mãe de fazer isso. Então, por favor, venha buscá-lo.

Agora preciso ir. Estou sentindo cheiro de queimado.

Edu

>
> **De:** Eduardo Smith-Pickle
> **Para:** Morton Pickle
> **Data:** Domingo, 31 de julho
> **Assunto: Seu dragão**
> **Anexo:** Cocô nos sapatos

Querido tio Morton,

Desculpe por ter pegado tão pesado quando escrevi para você antes, mas o seu dragão é mesmo bem irritante.

Espero que você não tenha mudado o seu voo. Se já tiver mudado, pode trocar de volta. Consegui convencer a mamãe a dar mais uma chance a ele.

Felizmente, ela não viu quando ele tentou caçar os gatos da senhora Kapelski no quintal.

Tio, seria melhor se você tivesse contado um pouco mais sobre o seu dragão. Você simplesmente o deixou aqui, disse que ele ficaria bem, voltou para o táxi e foi para o aeroporto. Não falou nem o nome dele. E algumas instruções seriam de grande ajuda.

A mamãe e eu não sabemos nada sobre dragões. Emily diz que sabe, mas é mentira. Ela tem só cinco anos e não sabe nada sobre coisa alguma.

Por exemplo: O que ele come?

Procuramos na internet, mas não encontramos nada de útil.

Um *site* dizia que os dragões comem apenas carvão. Outro, que eles preferem donzelas em perigo.

Quando eu contei à mamãe o resultado da pesquisa, ela disse:

— Sendo assim, é melhor eu tomar cuidado?

Mas o seu dragão não parece ser tão exigente. Ele come qualquer coisa. Coelhos, claro. E espaguete frio. E sardinhas, feijões enlatados, azeitonas, maçãs e qualquer outra coisa que oferecemos.

A mamãe foi ao supermercado ontem, mas não vai poder ir hoje de novo. Normalmente, uma compra dura a semana toda.

E você também poderia ter avisado sobre o cocô dele. O cheiro é terrível! A mamãe diz que até os cachorrinhos mais novos são treinados para fazer cocô do lado de fora,

e esse dragão já parece bem crescidinho; então, por que está fazendo cocô no carpete do quarto dela?

Mas também entendo por que você gosta dele. Quando se comporta bem, ele é mesmo muito legal. Ele tem um rostinho bem bonito, né? E gosto do barulho engraçado de ronco que ele faz quando está dormindo.

Você está se divertindo aí na praia? Está sol? Está nadando bastante?

Aqui está chovendo.

Com amor, do seu sobrinho favorito,

Edu

P.S.: O cheiro de queimado era das cortinas. Apaguei o fogo com uma panela cheia d'água. Por sorte, secou antes que a mamãe visse.

De: Eduardo Smith-Pickle
Para: Morton Pickle
Data: Segunda-feira, 1º de agosto
Assunto: A geladeira
 Anexo: O buraco

Querido tio Morton,

Gostaria de poder dizer que está tudo bem hoje, mas, na verdade, não está! Logo de manhã, descemos para tomar café e descobrimos que ele tinha feito um buraco na porta da geladeira.

Não sei por que ele não podia simplesmente ter aberto a porta, como todo mundo faz. Ele bebeu todo o leite e comeu o restante da torta de couve-flor com queijo de ontem.

A mamãe ficou furiosa. Tive de implorar a ela um montão para ele ganhar mais uma chance.

— Eu já dei a ele uma última chance — ela disse. — Por que deveria dar outra?

Prometi ajudar a limpar toda e qualquer bagunça que ele fizesse. Acho que foi isso que a convenceu.

Tomara que ele faça tudo somente no quintal, de agora em diante.

A mamãe está preparando uma conta para você. Até agora, são duas compras de supermercado e uma geladeira nova. Ela disse que vai cobrar um carpete novo também, se não conseguir tirar a mancha.

Ontem, mandei dois *e-mails*. Você não recebeu nenhum?

Edu

De: Eduardo Smith-Pickle
Para: Morton Pickle
Data: Segunda-feira, 1º de agosto
Assunto: Seu dragão, de novo
Anexo: *Close* do cocô

Seria melhor ter mudado seu voo no fim das contas, tio M. Seu dragão fez cocô mais uma vez dentro de casa. Ele não podia entrar no quarto da mamãe, porque ela está deixando a porta fechada; então, dessa vez, ele fez na escada, bem em frente ao quarto dela. Eu esfreguei com água sanitária, mas ainda tem uma mancha no carpete. Espero que a mamãe não veja. Caso contrário, vai ligar para o zoológico, com certeza.

E.

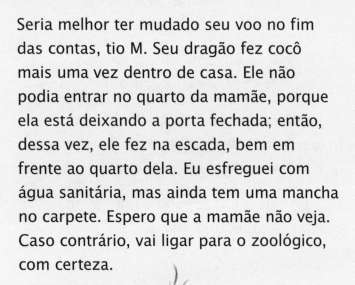

De: Eduardo Smith-Pickle
Para: Morton Pickle
Data: Segunda-feira, 1º de agosto
Assunto: Correias
Anexo: Eu apagando o fogo

Querido tio Morton,

O que é uma correia?

Eu não sei, e a mamãe não quis me contar, mas ela está chegando ao limite.

Pelo menos é isso o que ela diz.

As cortinas foram a gota d'água.

A mamãe descobriu ontem à noite. Ela ficou furiosa, mas dei um jeito de acalmá-la. Eu disse que vou pagar pelas cortinas novas com a minha mesada.

Na verdade, não tenho mesada alguma, mas prometi começar a guardar dinheiro imediatamente.

Também mostrei que o buraco, na verdade, era pequeno.

A mamãe soltou um suspiro bem forte, encolheu os ombros e ficou em pé na poltrona para virar a cortina, e assim mal dava pra ver o buraco. A não ser que você estivesse procurando por ele, claro. Mas por que alguém sairia andando pela sala procurando por buracos na cortina?

Mas aí, hoje de manhã, o dragão bafejou em cima da cortina outra vez.

A situação ficou bem feia. A sala toda ficou cheia de fumaça. Enquanto eu corria de um lado pro outro com uma panela com água (seis vezes!), o seu dragão ficou sentadão no sofá. Não que eu esperasse um pedido de desculpas, mas ele poderia, pelo menos, se mostrar um pouco envergonhado.

Além disso, ele sabe que não pode ficar no sofá.

Este já é meu quinto *e-mail*, tio M., e você ainda não respondeu nenhum. Sei que está de férias, mas, ainda assim, poderia responder AQP. Mesmo que você não possa vir buscar seu dragão, agradeceria muito algumas dicas de como cuidar dele.

Eduardo

P.S.: Se você não sabe o que é AQP, significa Assim Que Puder.

P.P.S.: Sua conta agora é: três compras de supermercado, duas cortinas, uma geladeira, um coelho, um carpete novo. (A mamãe viu a mancha.)

> **De:** Eduardo Smith-Pickle
> **Para:** Morton Pickle
> **Data:** Terça-feira, 2 de agosto
> **Assunto:** Onde você está?!!???
> **Anexo:** Mamãe furiosa

Querido tio Morton,

A mamãe ligou no seu hotel. Eles disseram que você nunca esteve lá. Contaram que você cancelou sua reserva e que deram seu quarto para outra pessoa.

Então, onde você está?

A mamãe disse que você está mentindo para nós. Segundo ela, você sempre conta mentiras, desde que era criança, e que ela foi muito burra por acreditar que você poderia ter mudado.

Fiquei sem saber o que dizer, tio Morton. Não esperava que você fosse mentir para nós. Não acredito que seja um mentiroso. Mas, se você não está no Hotel Splendide, por que deixou o número de lá? Onde você está?

Eu disse à mamãe que deve ter acontecido alguma coisa. De repente, você bateu a cabeça e perdeu a memória. Pode estar em um hospital, cheio de curativos, e as pessoas não sabem com quem entrar em contato para avisar. Talvez tenha

sido sequestrado... Você vive falando dos seus inimigos. Quer que a gente pague o resgate? Espero que não, porque a sua conta com a mamãe já está enorme.

A mamãe não acha que você tenha sido sequestrado. Nem que tenha batido a cabeça. Ela diz que você é um egoísta e sempre vai ser; e que depois que buscar seu dragão, nunca mais vai querer olhar na sua cara.

Tenho certeza de que ela não quis dizer isso, tio M.

As irmãs mais novas sempre dizem coisas assim. Emily faz isso também. No dia seguinte, ela já se esqueceu de tudo.

A mamãe provavelmente é igual.

Mesmo assim, acho que você precisa ligar pra ela AQP.

Edu

De: Eduardo Smith-Pickle
Para: Morton Pickle
Data: Terça-feira, 2 de agosto
Assunto: O zoológico

Querido tio Morton,

A mamãe está prestes a ligar para o zoológico. Ela vai pedir para levarem o dragão.

Tentei convencê-la a não ligar. Mas ela disse que é o dragão ou ela.

Eu disse que, provavelmente, o zoológico não vai querê-la.

Ela respondeu que eu devia tomar cuidado, pois estava cutucando a onça com vara curta.

Não sei o que isso significa, mas não quis perguntar. Ela estava com aquela expressão no rosto. Sabe qual é? Aquela que diz: "É melhor você sumir da minha frente".

Foi isso que eu fiz.

E.

> **De:** Eduardo Smith-Pickle
> **Para:** Morton Pickle
> **Data:** Terça-feira, 2 de agosto
> **Assunto:** Não se preocupe!
> **Anexo:** Mamãe e o dragão

Querido tio Morton,

O zoológico não vai vir. O pessoal de lá pensou que fosse uma brincadeira da mamãe.

Quando perceberam que era sério, pensaram que ela era louca.

No fim, desligaram o telefone.

Então, ela ligou para a Sociedade Protetora dos Animais, mas também não acreditaram nela.

— Não existe essa coisa de dragões — eles disseram.

— Venham até aqui se quiserem ver um — a mamãe respondeu.

Nessa hora, eles desligaram o telefone também.

Agora a mamãe não sabe o que fazer. Está ameaçando jogar o dragão na rua.

Eu disse que ela não pode deixar um dragão indefeso no meio da rua, pois muita coisa pode acontecer com ele.

— Preciso fazer alguma coisa, ou vou acabar ficando louca de verdade — ela falou. — E se ele morder os vizinhos? E se comer um dos gêmeos?

É verdade, ele poderia facilmente arrancá-los do carrinho. Eles moram do outro lado da rua e têm só oito meses de vida. Com aqueles dentes, ele poderia devorá-los num minuto. Sei que você disse que ele nunca machucou nenhum outro ser vivo, mas não era verdade, certo? E Jemima?

Tio M., já escrevi oito mensagens até agora. Você poderia responder, por favor?

Edu

De: Eduardo Smith-Pickle
Para: Morton Pickle
Data: Quarta-feira, 3 de agosto
Assunto: Maud
Anexos: O ataque; mamãe ao telefone

Querido tio Morton,

Você não vai acreditar no que aconteceu agora. O dragão atacou os gatos da sra. Kapelski de novo. Dessa vez, o jardim está cheio de pelos, e as petúnias estão queimadas.

A culpa foi toda deles, eu acho, porque sabem que não podem ficar no nosso quintal. Mas eles vêm mesmo assim. Sempre vêm. Não viram o seu dragão tirando uma soneca no quintal. Estavam rolando na grama quando ele acordou e pulou em cima deles.

Tigrinho fugiu sem problemas, mas o dragão prendeu o rabo de Maud com os dentes.

Eu vi tudo pela janela. Fiquei batendo no vidro, tentando fazer o dragão parar, mas ele nem notou.

Por fim, Maud se virou e o arranhou no nariz. O dragão não esperava por isso! Ele ficou surpreso, abriu a boca, e a gata escapou por questão de segundos. Ele cuspiu uma chama enorme atrás dela.

Por sorte, ele errou.

Por azar, acertou as petúnias da mamãe.

Ainda bem que a mamãe não viu o que aconteceu. Ela estava ao telefone, falando com a loja de animais. Está ligando para todo mundo, mas ninguém quer um dragão.

Agora ela está sentada na mesa da cozinha com as mãos na cabeça. Não tem mais para quem ligar. Não contei sobre as petúnias ainda, mas ela logo vai descobrir, e não sei o que pode acontecer.

Para ser sincero, tio M., estou um pouco preocupado com ela. Perguntei sobre o conserto da geladeira, e ela disse:

— Para quê? Para o dragão fazer outro buraco nela?

Acho que ela está certa, mas, mesmo assim, seria bom ter um lugar para guardar o leite.

Edu

P.S.: Pode ficar tranquilo que Maud está bem. O rabo dela escapou ileso.

P.P.S.: Seu dragão passou o restante da manhã tirando pelos dos dentes. Ele não vai atacar outro gato tão cedo.

De: Eduardo Smith-Pickle
Para: Morton Pickle
Data: Quinta-feira, 4 de agosto
Assunto: LEIA, POR FAVOR!!!!
Anexos: Carteiro; bombeiros

Querido tio Morton,

Eu nem sei por que estou escrevendo. Você não respondeu a nenhum dos outros *e-mails*. Talvez eu esteja com o endereço errado, assim como a mamãe tinha o nome do hotel errado. Mas eu tenho de contar para alguém o que está acontecendo, e não consigo pensar em outra pessoa.

Hoje foi o pior dia de todos. Seu dragão cuspiu fogo no carteiro.

Para ser justo com o dragão, não acho que tenha sido de propósito. Acho que ele ficou assustado com as cartas entrando na caixa do correio. Ele cuspiu fogo em todas elas. As chamas atravessaram a caixa e chegaram até o outro lado, atingindo a manga da camisa do carteiro.

Por sorte, o carteiro não se machucou. A mamãe apagou as chamas com um cobertor. Mas ele vai precisar de um uniforme novo e disse que vamos ter de pagar por isso.

Nós tivemos de dar muitas explicações. Apareceu um caminhão de bombeiros enorme, que ficou estacionado na rua, e quatro bombeiros, que entraram em nosso

jardim da frente, querendo verificar o detector de fumaça.

A mamãe contou a eles sobre o dragão. Ela os convidou para vê-lo.

Os bombeiros se entreolharam de um jeito engraçado e voltaram para o jardim.

Depois que eles foram embora, o carteiro disse que ia nos processar. Falou que ia nos denunciar para a polícia. Prometeu que não receberíamos mais uma carta sequer pelo resto da vida. E falou também mais uma porção de coisas que não consegui ouvir, porque a mamãe pôs as mãos nos meus ouvidos.

Agora a mamãe está lá em cima, na cama. Ela falou que vai descer para preparar o jantar, mas não sei, não.

O dragão está deitado no sofá. Eu disse que ele deveria se envergonhar pelo que fez, mas ele não me pareceu nem um pouco envergonhado.

E nem queria sair do sofá também. Nem depois de eu gritar com ele. Ele sabe muito bem que não tem permissão para ficar lá.

Edu

De: Eduardo Smith-Pickle
Para: Morton Pickle
Data: Quinta-feira, 4 de agosto
Assunto: Cartão-postal?
Anexo: O selo

Querido tio M.,

Estava dando uma olhada no que sobrou das cartas e encontrei um cartão-postal com um selo estrangeiro. Infelizmente, não restou quase nada, só o cantinho com o selo, mas acho que a imagem era de uma praia. Foi você quem mandou? Caso tenha sido, é muita gentileza sua, mas seria ainda mais gentil se respondesse aos meus *e-mails*.

E.

> **De:** Eduardo Smith-Pickle
> **Para:** Morton Pickle
> **Data:** Sexta-feira, 5 de agosto
> **Assunto:** De barrigas vazias
> **Anexo:** O dragão na cozinha

Querido tio Morton,

Estou no meu limite.

Ontem eu achava que as coisas não podiam ficar piores, mas estava enganado.

A mamãe está lá em cima de novo. Ela diz que não levanta da cama enquanto o dragão não for embora. Eu disse que isso não deve acontecer antes de três dias, e ela respondeu: — Então vou passar um bom tempo na cama. Preciso que você me arrume uns bons livros para ler.

Emily e eu ainda não tomamos café da manhã, e pelo visto acho que não teremos almoço também.

Seu dragão está na cozinha. A porta está fechada.

Ele não me deixa entrar. Eu tentei, mas ele cuspiu uma pequena chama em minha direção. Pela expressão nos olhos dele, deu para ver que foi um aviso.

Eu não sou covarde, tio M., mas também não sou burro. Corri para longe e bati a porta com força.

Esperei alguns minutos, então olhei pelo buraco da fechadura e vi o que ele tinha feito.

Ele passou pelos armários, arrancando as portas e devorando toda a comida. Abriu todas as embalagens. Mordeu as latas. Tem arroz, lentilha e espaguete espalhados por todo o chão da cozinha.

Tio Morton, o que é que eu faço?

Eduardo

De: Morton Pickle
Para: Eduardo Smith-Pickle
Data: Sexta-feira, 5 de agosto
Assunto: Chocolate

Você já experimentou chocolate?

> **De:** Eduardo Smith-Pickle
> **Para:** Morton Pickle
> **Data:** Sexta-feira, 5 de agosto
> **Assunto: RE: Chocolate**

Como assim, se eu já experimentei chocolate?!

É claro que sim! Eu adoro chocolate.

Não quero ser mal-educado, tio Morton, mas estou começando a achar que a mamãe está certa. Estou mandando *e-mails* desde o começo da semana, implorando por uma resposta, e quando isso finalmente acontece você me pergunta se eu já experimentei chocolate.

Talvez você tenha mesmo batido a cabeça!

Foi isso?

Se não foi, então por que não respondeu aos meus outros *e-mails*? Onde você está? E quando vai voltar para buscar o seu dragão?

Eduardo

De: Morton Pickle
Para: Eduardo Smith-Pickle
Data: Sexta-feira, 5 de agosto
Assunto: RE: RE: Chocolate

O que eu quis dizer foi: Você já experimentou dar chocolate ao dragão?

De: Eduardo Smith-Pickle
Para: Morton Pickle
Data: Sexta-feira, 5 de agosto
Assunto: RE: RE: RE: Chocolate
Anexo: O chocólatra

Funcionou!!!!!!!!!!!!!!!

De: Eduardo Smith-Pickle
Para: Morton Pickle
Data: Sábado, 6 de agosto
Assunto: RE: RE: RE: RE: Chocolate

Anexo: O nosso lança-chamas particular

Querido tio Morton,

Desculpe por não ter respondido antes para contar o que aconteceu, mas estava muito ocupado alimentando o dragão com todo o chocolate que tinha em casa, e depois indo até o mercado comprar mais.

O dragão é um animal modificado.

A mamãe diz que ele tem se comportado como um anjo, e tem mesmo. Ele parou de roubar comida. Está fazendo cocô na grama. Não senta mais no sofá. Na verdade, não é bem assim, mas ele sai assim que pedimos.

Hoje à noite, fizemos churrasco no jardim. Seu dragão acendeu a churrasqueira.

Depois, ele comeu seis salsichas, três costeletas e nove bananas assadas. Por sorte, a mamãe tinha ido ao supermercado, então tinha comida suficiente para nós também.

Agora, o seu dragão está deitado no chão, olhando para mim com seus olhos enormes. Eu sei que não devia dar mais chocolate para ele. Não quero que ele fique gordo. Mas vou dar só mais um pedacinho antes da hora de dormir.

Edu

> **De:** Eduardo Smith-Pickle
> **Para:** Morton Pickle
> **Data:** Sábado, 6 de agosto
> **Assunto:** RE: RE: RE: RE: RE: Chocolate
> **Anexos:** Hora da história; o novo BFF de Emily

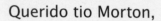

Querido tio Morton,

Imaginei que você gostaria de saber o que o seu dragão já comeu:

12 barras de chocolate ao leite

14 barras de chocolate comum

6 chocolates com caramelo

1 chocolate com amendoim

e 23 saquinhos de bolinhas de chocolate.

O homem do mercadinho começou a me olhar de um jeito estranho.

Eu pensei que a mamãe fosse se incomodar por ter de comprar tanta coisa, mas ela disse:

— Se ele está feliz, eu também estou.

Ele está. E muito.

Até a Emily já o perdoou. Ela parece ter

esquecido o que aconteceu com Jemima. Acho que, em vez disso, ela vai querer ficar com o seu dragão como um animal de estimação.

Ela começou a chamá-lo de Bolinho.

Eu já disse a ela milhares de vezes que Bolinho não é um nome muito apropriado para um dragão, mas ela não está nem aí.

Aliás, ele tem um nome?

Se não tem, sugiro Desolação. Ou Sopro de Fogo. Ou alguma coisa assim.

Mas não Bolinho.

Espero que aproveite suas últimas horas de férias e se programe para dar um último mergulho e tomar um pouco de sol. Aqui está chovendo.

Vejo você amanhã. Não perca o seu voo!

Com amor,

Edu

De: Morton Pickle
Para: Eduardo Smith-Pickle
Data: Sábado, 6 de agosto
Assunto: RE: RE: RE: RE: RE: RE: Chocolate

Anexos: Minha ilha; Hotel Bellevue; Les Fruits de Mer d'Alphonse

Oi Edu,

Fiquei muito feliz em saber que a minha dica sobre o chocolate funcionou. Sempre funciona com dragões, até mesmo com o maior deles. Eu lembro quando fiz uma caminhada pelas montanhas da Mongólia Exterior com uma mochila repleta de chocolates com frutas secas. Eu não estaria aqui se não fossem eles. Alimentei o maior dragão que já vi na vida com todo aquele chocolate, um carinha invocado com dentes do tamanho da minha mão e um sopro terrível.

Conto a história toda quando nos encontrarmos, mas não tenho tempo agora. Preciso ser rápido. Estou no aeroporto e meu voo sai a qualquer minuto. Quis escrever para você e dizer que LAMENTO MUITO por não ter lido suas mensagens no início da semana. Eu deveria ter aberto meus *e-mails* no hotel, mas resolvi não interromper minhas férias. Foi uma burrice, eu sei, e estou me sentindo muito, muito culpado. Abri as mensagens apenas ontem, porque ouvi um hóspede dizendo algo sobre uma inundação bem séria em Baixo Bisket, a cidade do outro lado da minha ilha. Tenho muitos amigos que moram lá, então, quis conferir se eles estavam bem. (Mas saiba que a inundação aconteceu na verdade em Alto Buckett, o que é bem diferente.)

Sinto muito também que o meu dragãozinho tenha se comportado tão mal. As minhas instruções não ajudaram em nada, então? Eu estava certo de que tinha incluído a dica sobre o chocolate.

Você pode pedir desculpas à sua mãe pela confusão com os hotéis, por favor? Eu planejava ficar no Hotel Splendide, e é por isso que sua mãe tem o endereço e o telefone de lá. Na chegada, descobri que o *chef* deles, o famoso Alphonse Mulberry, teve uma briga com o proprietário e foi trabalhar em outro lugar na cidade vizinha, também na costa. Então, fui para lá. Fiquei feliz por isso. A comida dele é ainda mais espetacular do que me lembrava.

Por algum motivo, eu não tenho o endereço de *e-mail* da sua mãe, por isso estou mandando a mensagem por você. Por favor, desculpe-se com ela por mim. Comprei para ela um bom pedaço de Roquefort. Sei quanto ela gosta de queijo.

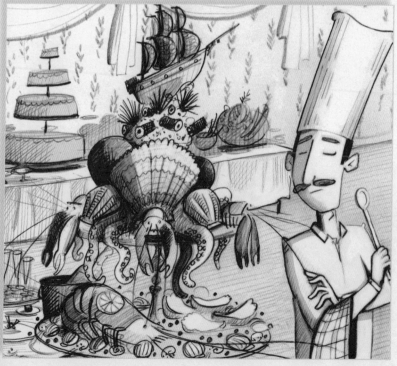

Estão chamando meu voo. É melhor eu ir me juntar ao pessoal. Vejo você em breve.

Com muito amor, do seu afetuoso e arrependido tio,

Morton

De: Eduardo Smith-Pickle
Para: Morton Pickle
Data: Segunda-feira, 8 de agosto
Assunto: *Au revoir*
Anexo: Mamãe e sua arma

Querido tio Morton,

Espero que tenha feito uma boa viagem de volta. O dragão se comportou no trem?

A mamãe trocou as cortinas e encomendou uma geladeira novinha na loja. Ela disse que nunca gostou das petúnias e decidiu plantar rosas no lugar. O restante do seu dinheiro ela vai gastar em carpetes novos para todos os quartos.

A propósito, ela adorou o queijo.

Eu não. Tem um cheiro horrível. Desculpe por dizer isso, mas tem mesmo.

Emily agradeceu pelo macaco. Disse que ele é quase tão legal quanto Jemima. Eu acho que é ainda melhor. Pelo menos ele não precisa ser alimentado. E também pode dormir na cama dela, em vez de ficar em uma gaiola no fundo do quintal.

E muito obrigado pelos livros. Eles vão ser muito úteis se algum dia eu for aprender francês.

Sabe a sua lista de instruções? Bem, a mamãe finalmente a encontrou caída atrás do sofá. Agora nós lemos tudo. Você falou sobre o chocolate, e muitas outras coisas úteis também. Se soubéssemos de tudo isso antes!

A mamãe acha que você colocou a lista ali quando veio buscar o seu dragão, mas eu disse a ela que era uma ideia absurda.

Os gatos da sra. Kapelski voltaram a frequentar o nosso quintal. A mamãe os expulsou com a mangueira. Ela falou:

— Eu queria que o dragão ainda estivesse aqui.

Então, me olhou bem rápido e corrigiu:

— Na verdade, não queria, não.

Mas eu acho que ela queria, sim.

E eu também.

Apesar de ter dado um trabalhão, ele era divertido também.

Espero que esteja bem na volta para casa, na sua ilha.

Aliás, quando eu disse que gostaria de ir visitá-lo, estava sendo sincero.

Você vai mandar um convite oficial para a mamãe? Se não fizer isso, ela nunca vai me deixar ir.

Emily gostaria de ir também, mas eu disse que ela é muito nova. Ela é mesmo, não? Pode cair de um penhasco ou coisa do tipo.

Com muito amor, seu sobrinho favorito,

Edu

P.S.: Dê ao Ziggy um pacote de bolinhas de chocolate por mim, por favor.

LEIA TAMBÉM!

Babá de dragão — decolando

De: Eduardo Smith-Pickle
Para: Morton Pickle
Data: Terça-feira, 18 de outubro
Assunto: URGENTE!!!!
Anexo: Ziggy

Querido tio Morton,

Só queria avisar que nada mudou.

Ziggy não quer saber de sair de cima do armário da cozinha.

Ele ainda não comeu nada. Nem um pacote de bolinhas de chocolate.

Estou bem preocupado com ele.

"*Curto, mordaz e divertido*" Telegraph

"*Divertido para qualquer criança acima de 7 anos*" The Times

Babá de dragão — a ilha

De: Eduardo Smith-Pickle
Para: Morton Pickle
Data: Quinta-feira, 23 de fevereiro
Assunto: Voz de prisão
Anexo: O furioso McDougall

Querido tio Morton,
Os McDougall estão aqui.

Na verdade, a mamãe convidou apenas o Gordon, mas o sr. McDougall veio também.

Ele não parava de gritar e agitar os braços. Perdeu três ovelhas em uma semana. E agora quer levar os dragões e trancá-los em seu celeiro até a polícia chegar.

A marca FSC® é a garantia de que a madeira utilizada na fabricação do papel deste livro provém de florestas que foram gerenciadas de maneira ambientalmente correta, socialmente justa e economicamente viável, além de outras fontes de origem controlada.

Esta obra foi composta em Lucida Sans e impressa pela
Gráfica Bartira em ofsete sobre papel Pólen da Suzano S.A.
para a Editora Escarlate em março de 2025